JN089266

詩集　汎汎

新垣汎子

ボーダーインク

装画「汎　汎」石膏版画　制作・撮影　著者

目次

第一章　風のときめき

2017年7月　コマカ島にて（撮影著者）

第二章　時の形

詩集　汎汎

第一章

風のときめき

いちご

「日替わりサービス品とってもお得」と張り紙されてスーパーの店頭に真っ赤ないちごが山積みされている。孫たちにおやつに出したら、飛び跳ねて喜ぶだろうなあ。喜ぶ顔を想像するだけで楽しくなる。「本日限りの大安売り」の張り紙にも弱いので買うことにした。

一皿に入れて出すと、孫たちの顔は明かりが点ったようにパッと明るくなった。

と、思った次の瞬間、奪い合って両手でいちごをつかみ、噛まずに次々と口に押し込んでいる。押し込みすぎたあげく、戻しそうになっている。
私が慌てて、皿を奪い取り、一人ずつカップに分けて入れてあげると、ゆっくり食べ出した。
「美味しいものは独り占めしないで皆で分けて食べたら、もっと美味しくなるよ」
と言うと
「美味しいものは独り占めして、美味しくないのは皆で分けた方がいいさ」
と、切り返された。
全部食べ終わると物足りなそうに
「お祖母ちゃん、いちごは２つ買った方がいいよ」
なんて言うので
「２パック目はお父さんかお母さんに買ってもらいなさい」

と言うと

「高いからダメって言うにきまっているさ」

と、言い返された。

翌日、買い物について行きたいというので

「昨日は、いちごを買ったけど今日は買わないよ。約束できる」

と、聞くと二人共、頭を上下に何度も揺らして頷いた。

スーパーには昨日と同じ様に今日もいちごが並んでいる。だが、昨日より百円も高い。安いみかんの棚の方に連れて行こうとすると、二人がいちごの棚の前でジィっと立っている。手を引っ張っても、肩を揺らして引き寄せても、一歩も動かない。

「今日はいちごを買わないって約束したでしょ」

と言うと、

善太が

「見るだけだから」

と言う。

善隆が引っ張る私の手を振り払って繰り返した。

「見るだけだから」

これかな、これだよ

トランプゲームの『ババ抜き』や『七並べ』は配られたカードの運不運もあるが『神経衰弱』は記憶力の勝負だ。

カードを裏返して並べ、２枚めくって同じ数のカードが出ると自分の物として、たくさんカードを集めた人が勝ちだよと『神経衰弱』の遊び方を５才と４才の孫に教えてゲームを始めた。

六十五才の祖母ちゃんと孫の勝負だ。

負けてあげようなどと思ったのが大間違いだった。

初戦こそ接戦になったが連敗で一度も勝てない。

　私の番になり、カードを一枚めくると、さっき見た数字が出てきた。この辺だったかなと思って迷っていると5才の善太が
「祖母ちゃん、これだよ、このカードだよ」

と指さしている。

　4才の善隆は無言で頭を上下に動かして、そうだそうだという顔つきで頷いている。

「そう、これかな」

と、そのカードをめくると全然違う数字だった。

　善太と善隆が、両手両足をバタつかせたり、反り返ったりして、子猿の様に跳ね回って喜んでいる。孫の罠に掛かってしまったのだ。

「祖母ちゃんだまされたね。しかも、それは、さっき俺がめくったばかりのカードだよ」

と、善隆が右手の人差し指を立てて得意そうに言った。
　この4才児におよそ似つかわしくない「しかも」という言葉使いに思わず吹き出しそうになった。
　この二人の幼児は、前にめくったカードの数字と場所をしっかり覚えている。前のその前のカードさえも覚えていていることもあり、自分の番が来るのを待っている。侮れない、完敗だ。恐るべき幼児の記憶力。
　これが最後のゲームと約束するのに、何度も
「もう一回、もう一回」
と言うので私は飽きてしまって
「祖母ちゃんは夕飯の支度があるから、また後でね」
と言うと
「後でねって言ったよね、祖母ちゃん。嘘ついたら地獄に行くよ、そして針千本飲まされるよ」

と言われた。

夏を追いかけて

末吉公園へセミ採りに出かけた。林の中からジィージィーとセミのコーラスが聞こえると、声の方へ善太と善隆が虫採り網を掲げて駆けて行く。ソォーと網を掲げて、センダンの木に止まっているセミを捕まえようとするのだが、5才と4才の身長では網がセミまで届かない。すぐに逃げられてしまう。

善太がとても悔しがって作戦を提案した。

①善太か善隆がセミを見つけたらお祖父ちゃんに知らせる。

②知らせを聞いたお祖父ちゃんは網を振り上げてセミを捕まえて、セミを入れた網を地面に降ろす。

③見つけた者が網から自分の虫かごへセミをゲットする。

いい考えだということになり、その作戦でセミを捕まえることになった。二人が先を争ってセミを探す。網から小さな掌で上手にセミを取出し、自分の虫かごにゲットした。

お昼前になり、もう帰ろうと言うと善隆が善太はオスが多いのに自分は鳴かないメスばかりだから帰らないと言って泣く。泣き声はセミよりうるさい。鳴くオスのセミをもっと捕まえたら帰ると言う。

オスとメスは、どう見分けるのかと聞くと、お腹に茶色いのが付いてるのがオスだと言う。

止まっているセミはお腹が見えないからオス、メスを見分けて捕まえるのは無理でしょうと言うと、善隆はメスだったら逃がすからと言って大泣きする。

泣き虫には勝てそうもないので、セミ採りを続けると、今度は、せっかく捕まえたのだから、やっぱりメスも逃がさないと言う。

捕まえたセミが善太は24匹、善隆が21匹になり、虫かごが満員になったので帰ることになった。

帰る車の中はセミの鳴き声がうるさくて話が聞き取れない。窓を開けると冷気が逃げ出して真夏の熱気が車内へ襲って来た。セミを逃がしてあげたらと言うと、お母さんとお父さんに見せてから自分家（ジブンチ）のベランダから下の街路樹に逃がすと言う。

私たち老夫婦は、善太たち息子家族と娘の家族と階を違えて同じ建物に住んでいる。

翌日、下の階の娘が言った

「変なのよ。昨日、干していた布団を取り込もうとしたら、セミが布団に止まっていたの」

握り締めた手のひら

善隆が、黒のジャケットとハーフパンツにネクタイ
を締めて、入園式の列に並んでいる。はにかみながら
両親の方を振り向く顔は、息子によく似ている
　私も連れ合いも息子や娘もこの園の出身だ
60年前、私は大道幼稚園のまつ組だった
連れ合いはクラス名を覚えてないと言うが
「たけ組」か「うめ組」だったと思う
35年前
子供たちの通った大道幼稚園は

「1組・2組」とクラス名が変わっていた
孫の代になると
大道幼稚園が大道こども園になった
クラス名も
「りす組・こあら組・きりん組」に変わった
遠近法で道幅が細くなり、ガードレールが
先でくっ付いてしまいそうな通園路
雲梯に鉄棒
滑り台にブランコ
ジャングルジムにシーソー
四方に広がる運動場
これは私が幼女の日に見ていた風景だ
遠くて広いと感じていた風景が
小さくなって目の前にある
校舎が木造平屋建てから

コンクリート造りに変わっている
35年前
息子の入園式の帰り道
私の父に抱かれた息子は
父の肩越しにクルクル目玉で
私を覗きこんでいた
その時、大きくて広いと思っていた父の背中が
随分小さくなったと感じた
息子は生まれた時
手のひらを握り締めていた
あの手のひらが握り締めていたのは、命の絆
親から子へ、子から孫へとつながる命の連鎖
目をつぶると見えて来たのは
古い木造校舎と板張りの廊下
窓越しに見守る今はいない両親や祖父母

見えないバトンで繋がれて行く生命
同じ5才で、同じ場所にいる
変わったのは元号と月日
だが、時代が移り
何もかも変わったとしても
変わらない願いがある
健やかに
幸せに
たとえ、困難にぶつかっても
乗り越えて行くように
善隆が手のひらの中に握り締めているのは
善隆の未来
そしてそれを見守るたくさんの愛

かじゃでぃ風

結婚披露宴に「かじゃでぃ風」をお祖母ちゃんと私と娘の三世代で踊って欲しいと息子に頼まれた。

【かじゃでぃ風】といえば祝いの席の幕開けを告げる祝儀舞踊だ。

「プロの踊り手を頼んだ方が良い」

と言うと、

「どうせ客は食事やお喋りに夢中で素人の踊りを真剣に見る者はいない、例え間違えてもご愛敬だ。家族が踊ることに意義がある」

と言い返された。

私が、どうにか断る方法を考えていると義母が、孫の為に一肌脱ぐと言い出した。八十五才のお祖母ちゃんが踊るというのに母親の私が踊れないとは言えなくなった。


披露宴までの三か月間、琉舞教室に通うことにした。

最初は私だけが週一回通った。必死で頑張ってみたが六十の手習いでは、覚えられない。翌週の稽古日には前に習ったことを忘れている。

「大丈夫ですよ。続けていれば覚えられます」と先生に励まされ、先生のＤＶＤを買って家でも練習した。義母にも教えて貰った。義母の踊りは腰が座っていて味がある。

三か月目からは、娘も一緒に琉舞教室に通った。練習は週一回から二回になった。

だが、私は一向に覚えられない。そんな私を尻目に娘は簡単に覚えていく。教えてくれる先生にも申し訳ない気持ちでいると、

「お母さんはお祖母ちゃんと娘さんを見て踊るといいですよ」

とアドバイスされ情けない気持ちにもなった。どうにかやっと、披露宴の二週間前当りから身体が動きを覚え出した。

当日幕が開くと、大勢が舞台前にカメラを構えて集まっている。三世代で踊るのは珍しいとか、琉舞を娘や私が踊るのを今まで見たことないとか言って集まったらしい。

どうにかこうにか大きな乱れなく三人の踊りは合わさり無事に終わった。

その日は【ハイサイ新婚さん】の撮影が入っていた。

五分程度のテレビ番組だが【かじゃでぃ風】は必ず放映されると言うので、私たち三人は飲み物とお菓子をたくさん準備して番組を見た。タイトルの後に「かじゃでぃ風」の曲が聞こえて来た。そして艶やかな振袖姿の娘の全身が映し出され、次に娘の顔のアップ。その後、直ぐに新婚さんの紹介になった。義母と私の踊る姿は影も形もない。

義母は和菓子に緑茶を飲んだ。私はチーズケーキにコーヒーを飲んだ。娘は素知らぬ顔をして煎餅をかじっていた。

花束贈呈

小さかった甥っ子が
きれいなお嫁さんと並んで
感謝の言葉に添えて
両親や祖父母に花束を贈呈している
随分頼もしくなったと胸が熱くなる
孫の善太にも
いつかこんな日が来るのだろうか
同じ円卓を囲み
キッズメニューを美味しそうに頬張る

５才の善太に
「善太の結婚披露宴でも、あんな風に
お祖母ちゃんに花束ちょうだいネ」
と言うと
「僕が大人になるのは、ずうっと先だし
その頃、お祖母ちゃんは死んでいると思うヨ」
と言われた

タラップ

突然、弾ける様な音がし左耳を激痛が走った
私は左手で左耳を押さえた
生暖かいものが掌に流れ
左耳のマスクのゴムが赤く染まっている
気圧の急激の変化に伴う航空性中耳炎

帰路の飛行機では、備え付けのイヤホーンを
差し込んでニット帽を耳まで被り
その上に耳当てをし厳重にも耳を覆った

他人(ひと)に面倒をかけるのは気が引けるけど
あの激痛がまた襲って来ると思うと恐い
「行きの飛行機で下降時、耳から出血しました。
下降に入る時間を教えてください」
と書いた私の手帳を見せた
「10時40分着なので、それより30分前位
現在9時」
彼女は返事を書いて何か言った
私が聞き取れないとゼスチャーで告げると
奥へ行き、もどって来て
私に飛行機のポストカードとアメを渡した
ポストカードには
【降下開始　22時15分前後
ベルトON　22時15分前後
到着　22時35分前後

本日はとても低い高度で飛行しております。
その為、いつもより急な降下等のリスクは低いそうです。降下の少し前からアメを舐めて頂くと、唾液が分泌され、耳が痛くなり難いと思います。
その他、何かお手伝いできることがあれば、いつでもお知らせ下さい。
そして、お大事にされてください。
ＣＲＥＷ　カサハラ】
と書かれていた
私は手帳に「ありがとうございます。アメも」
と書いた
降下時、耳は痛くならなかった
飛行機とターミナルビルを繋ぐタラップで
乗客に微笑む彼女を見つけて、礼を言った
だが、ニット帽も耳当ても外した

私に気付かない
誰かを探しているような仕種の彼女の前を
私は帰路を急ぐ乗客の波に押され通り過ぎた

シィーブン

商店街の八百屋へ行くと
「ハイ、これシィーブン」
と言ってお婆ちゃんがおまけを付けてくれた
それは、形の悪い野菜だったり
みかん1個だったり、バナナ1本だったり
「少ししか買わないのにいつもシィーブンして貰うと
悪いから今日はいいヨ」
と言うと
「これはシィーブン、あんたが食べないなら持って帰って子供達（ワラバーター）に　食べさせてあげなさい」
と言って押し付けてきた

八百屋の二階で独り暮らしだったお婆ちゃん
そのお婆ちゃんが店の火事で亡くなった
告別式日のお寺は大勢が列をなしている
商店街の人達はもちろん、店の客まで
遺影に手を合わせようと並んでいる
大駐車場も満杯で案内人達が
汗だくになって動いている

数日後
お婆ちゃんの居なくなった八百屋へ行くと
息子さんとお嫁さんが忙しそうに働いている
「母ちゃんには

もっと好きな様にさせてやれば良かった
こんな小さな店でじゃ、儲けが無くなるから
シィーブンするのはヤメロって怒ったさぁ
だけど、告別式に御客さんが
あんなに大勢来てくれて
頼んだわけでもないのに
清掃車も無料で出してくれて
火事の後片付けも皆でやってくれたさぁ
婆ちゃんにはシィーブンして貰って
世話になったって」
腰を屈め、店番の息子に少し気を使いながら
シィーブンする
見えない人の気配がする

※シィーブン　……おまけ

シィークワサーの木

実家の庭に
のっぽのシィークワサーの木がある
手の届く枝の実は
父が孫へのお土産にと摘んで
レジ袋一杯に詰めてある
でも、高枝には
たわわに緑色の実が残っている
黄色く熟すると
落ちて地面で朽ちるのだと言う

勿体ないので
梯子を掛けて取ろうとすると
「ウカーサヌ（危ないだろ）
父ちゃんが取ってあげるから
お前は梯子から降りなさい」
と、80才の父に叱られた

月桃の花が咲くころに

「帰りたい」と母は言った。

母が帰宅できたのは二十分だけだった。

「宮国課長やソーシャルワーカーの當銘さんが付き添うと言ってくれなければ、母の願いを叶えることはできなかった」

と礼を言うと、二人は
「お父さんが毎日見舞いに来る姿に心を動かされたの」と言った。

「僕が毎日会いに来るから、君も毎日頑張りなさい」

父は動かなくなった母の手を摩りながら励ました。雨の日は現役時代に使ったオレンジ色の作業カッパを着て母を見舞った。

看護師さんが

「郵便ポストが会いに来たのかと思いました」

と言って笑っていた。

宮国部長が庭に目をやりながら言った。

「腹臥位療法をしなさいとか、家族も吸引が出来るようでなければ帰宅は無理ですとか、難しい注文を付けたのは心苦しかった」

腹臥位療法は喉に痰を溜まり難くする為に俯せに寝かせる治療法で、自由に動けない母を俯せにするためには二人以上の人手が必要になる。俯せている間は、窒息しないようにずっと見守らなければならない。

母は頻繁に吸引して痰を取り除く処置が必要だっ

た。看護師だけでは吸引は間に合わなかった。医師からは気管切開を奨められた。

母の病気は進行し続け、食事は胃瘻となり、会話もできなくなった。

けれども、母は時々歌うような声を出した。

喉を切開すれば、それさえもできなくなる。

家族は、看護師から吸引方法の指導を受けた。痰を吸引する度に母は咽(むせ)て苦しんだ。苦しむ母の肩を力ずくで抑え込んで痰を取った。

こんなに苦しい思いをしてまで生きていることが母にとって本当にいいのか判らなくなった。もう止めて逃げだしたいと何度も思った。

楽にさせてあげたかった。

だが、父は言い切った
「母ちゃんが、どんな姿になろうと生きていて欲しい。

それがアタリメードヤル（当然のことだ）」

母が逝って十年の歳月が流れ、宮国課長は部長になり當銘さんは結婚して姓が変わった。父も、もういない。

庭には、あの頃と同じように月桃の花が咲いている。雨が、月桃の緑葉を濡らし、うすいピンク色の花を濡らし、しまい切れない心を濡らし、静かに降っている。

鏡の中の月

「大丈夫ですよ、産毛が生えてます」
と後頭部を鏡で見せてくれた
白く光る丸い月が見える
その円の中に
赤ちゃんのような髪の毛が
点々と生えている
「心配することないですよ、半年もすれば
もと通りの髪の毛になりますから」
と若い美容師が言う

やっと、少し落ち着いて
久しぶりに来た美容室なのに
何時から　そうなっていたのか
何故　気づかなかったのか
無理をして頑張って
禿げてしまった
こんな時は
もう　頑張りすぎるのを止めて
ゆったりと
時の流れに身を委ねて
ナンクルナイサ
なんて言ってみる方がいい

※ナンクルナイサ
「マクトゥソーケェー　ナンクルナイサ」
正しい事、真（誠）をしていればどうにかなるさ

盆

ウンケー

旧暦七月十三日夕方

位牌を清め、御香炉の灰をきれいにして
お花と提灯を飾る
仏壇の両脇に果物と
長いサトウキビを二本お供えする
一本は、あの世に帰るとき転ばないように
杖にするグーサンウージ

二本目はお土産を載せて肩に担ぐ棒
玄関に水を入れた器とソーローホーチ（精霊箒）を置く
「曾祖母（大きいおばぁ）ちゃん、それは何」
8才の善隆が聞く
「これはね、ソーローホーチっていうんだよ
あの世からやって来た人が、家に上がる前にこれで足
を洗うんだよ
足にイボのできている子はいないねぇ
ソーローホーチでイボをなでると
イボが治るってよ
誰も見てない時にコッソリやるんだよ」
95才の曾祖母を先頭に十五平線香（ヒラウコー）を焚いて
亡くなった人を迎える
「ウンケーサビラ（お迎え致します）」
家族が玄関先に並んでひざまずき

両手のひらを合わせる
ウンケージューシーィと刺身とソメーン汁
夕食を仏壇にお供えする
「メンソーレ（ようこそいらっしゃいました）」

ナカビ
旧暦七月十四日

今年のナカビのお汁はイナムルチにした
夏休みなのに何処にも行けなかった孫達
奮発して、みんなの好きな肉汁にした
いつもならナカビは
線香を上げげに親戚を廻るのだが
今年もコロナ禍で行けない

おやつは聡子の作ったお餅入り善哉（ぜんざい）を供える
もうすぐ5才になる美緒が
「平良のお祖母（ばあ）ちゃんの痛いところが
治りますように」
と言って
顔の前で小さな手のひらを合わせて祈っている

ウークイ
旧暦七月十五日

ウークイした後にウサンデーするお供え物を分ける
アミダクジを作る役目を
9才の善太が上手に果たす
「俺は、メロンが当たりたい」

一番年下の４才の明香は
「スイカが当たりたいなぁ」
と仏壇を見上げる
毎年ウークイの日の我が家は中味汁だ
今年は知佳が作った
重箱（ウサンミー）とお餅をお供えする
ウサンミーの少量を切り刻んでお皿に入れ
ミンヌクを作り、仏壇の下に置く
ミンヌクはご先祖様と一緒にくっついて
来てしまった無縁仏に持ち帰らせるもの
十五平線香（ウコー）を焚く
半分に割った平線香を一人ずつ焚いて
御香炉に立てる
水を入れた金属製の洗面器に網を乗せ
その上で、善久がウチカビ（紙銭）を焼く

「曾祖父（おおきいおじい）ちゃん、これは皆からです。どうぞ受け取ってあの世に持っていってください」
「お父さん、それは何」
６才の善啓が訊ねる
「あの世のお金だよ。亡くなった人が
あの世で困らないように持たせるお金だよ」
善久が答える
「ウチカビって、いくら位なの」
孫たちが聞く
お祖父（じぃ）ちゃんが答える
「一億円だよ」
「スゲェー、スゲェー、大金持ちじゃん」
孫たちが騒ぐ
重箱の中から一種類ずつ取り
クワズイモの葉っぱの風呂敷に包み

仏壇の花と一緒に紙銭（ウチカビ）を焼いた器に入れる
太志が御香炉の線香を器に移す
十三人の家族が門口に向かい合掌する
7才の彩紗がたずねた
「お祖母（ばあ）ちゃん、何てお祈りするの」
私が答える
「ヤーンメンソーチクミソーレ（来年もいらしてください）」
西の方に向かって
精霊を送りだす
遠くで花火の音がする

※参考資料：沖縄の冠婚葬祭（那覇出版社）
コトバンク（Wikipedia）

2000
LA068634R
日本銀行券
弐千円
日本銀行
2000
LA068634R
NIPPON GINKO
2000
2000
2000YEN

2千円札（撮影著者）

第二章　時の形

シュガーローフ

家の近くにある日本軍が安里52高地
米軍がシュガーローフと呼んだ小さな丘
７日間で日米合わせて約５０００人が
死んだと言われる激戦地
単純計算で１日に７００人が死んだ事になる
丘の頂上へと続く長い階段を登っていると
数人のグループと道連れになった
道連れは煙に似た色合いでぼんやりしている
階段を登りきると海が見えた
銀色の光が海面に飛び散り

ゆらゆらと揺れながら
水平線の彼方まで流れている

米軍が何度も登り、何度も撃退された
丘の上に展望台がある
翼を広げた鳥のような形の展望台の屋根
75年たった今も見つかる戦没者遺骨
魂はまだこの辺りを彷徨っているのだろうか
異郷で亡くなった魂には
故郷に戻れる翼が欲しい
亡くなったアメリカ兵の魂は
この海を越え、遥かな祖国に帰れただろうか
日本兵の魂は故郷へ戻れただろうか
復興し開発される那覇市
だが、古い石垣に目を凝らすと

弾丸の痕に気が付くことがある
繁華街の裏道に回ると
戦前のものらしい門中墓がある
持ち主のわからない古い亀甲墓

登ってきた階段に目を移すと
グループが階段の降り口にいる
私も急いで降り口に向かった
だが、たった今降りて行ったはずなのに
先には誰もいない
ただ、長い階段が続いているだけだった

夜明け前に見る夢

夜(ユ)明(ア)キ前(ガ)タァニ　見(ン)ヅル夢(イ)ミ
夜(ユ)明(ア)キ前(ガ)タァニ　見(ン)ヅル夢(イ)メェ
心(シ)配(ワ)スル事(クト)ヤ　無(ネ)ーラン
心(チム)掛(ガカ)イスル事(クト)ヤ　無(ネ)ーラン

声をかけられ
振り向いたのだけど
そこには
誰もいなかった

それなのに
見えないものが
私を捕まえて
身動きできない
助けを呼ぼうと思っても
喉を押さえられて声が出ない

踠(もが)きながら目を覚ます
夢から醒めたはずなのに
まだそこにいる
捉えどころのない
不安なものを
私は見ている

夜(ユ)明(ア)キ前(ガ)タァニ　見(ン)ヅル夢(イ)ミ

夜(ユ)明(ア)キ前(ガ)タァニ　見(ン)ヅル夢(イ)メェ

心(シ)配(ワ)スル事(クト)ヤ　無(ネ)ーラン

心(チム)掛(ガカ)イスル事(クト)ヤ　無(ネ)ーラン

島唄

一九七二年二月
アメリカ民政府発行のパスポートと
換算表を持って上京
試験監督員に合否の返信用封筒に
郵便番号が抜けていると注意を受けた
沖縄には未だ郵便番号は無かった
五月十五日　沖縄日本復帰
$から円へ
通貨の顔はワシントンから聖徳太子へ

＄で育てられた金銭感覚を円に置き換える
１＄は３６０円
銭湯の入浴料55円は　約16￠
学食のカレー40円は　約12￠
キャンパスでは沖縄人（うちなーんちゅー）も大和人（やまとんちゅー）も
気持が通じれば平等で友達になれた

だが、下宿近くの喫茶店で
【朝鮮人と沖縄人　入店お断り】
と書かれた張り紙を見た
私は大和人（ヤマトゥンチュー）のアクセントをまねて
島の訛りを隠した

バイトの帰り
宮益坂の沖縄料理店から流れて来た

「芭蕉布」を聞いた時
ふいに涙が溢れて頬を伝った

白い砂浜
エメラルドグリーンが濃淡を繰り返し続き
水平線でコバルトブルーに溶ける海
水面に揺れる鱗
陽の飛び散る音

御香炉（ウコウロ）に平線香（ヒラウコウ）を手向け
先祖（ウヤファーフジ）に家族の無事を祈る島
私はこの島で生まれた
込上げるものを抑えられなかった

1972年発行　　　　　　1975年発行
琉球列島高等弁務官　　日本国外務大臣

パスポート（撮影著者）

方言（島言葉）

私が小学生だった頃
方言を使うと黒板に名前が挙げられた
「○○さんと○○さんは、方言を話していました
反省してください」
私の少し前の世代は
方言を話すと方言札を首からかけられ
「方言は話しません、方言は話しません」
と反芻させられたらしい
大和との同化を求められ

標準語が最も重要視された世代
自分たちの風俗習慣や方言を話すことが
恥ずかしいと洗脳された子供時代を過ごした
私は方言ではなく標準語が母語になっている

島の財産として方言が見直された今になって
今度は話すようにと
真逆のことを言われても
そう簡単には切り替えられない

島独特の感情を表現しようとする時
島の方言でしか表せない
標準語にはない言葉がある
微妙に違う感情世界を活字で表したい
私は文章に方言を使う時

外国語を調べるように
沖縄方言辞典を引き
間違いの無いよう表記を調べる
だが、読めるが発音できない単語がある

沖縄が復帰して五十年
自分たちの風俗習慣や文化に
自信が持てるようになった
時の流れの中で
消すことを選んでしまった方言
私の中から消えて行こうとしていた
祖父母や両親の残した故郷の言葉
引き留めたい
消えてしまう前に

琉球切手・はがき（撮影著者）

40余年振り

悦ちゃんから電話が入った。余命5年と宣告されていた御主人が9年生き伸びたが、この春に亡くなったそうだ。

そんな折、娘さんが旅行に誘ってくれたので、沖縄旅行を提案したのだと言う。東京の大学を中退して沖縄へ戻ってから年賀状だけの付き合いになっていて、会うのは40余年ぶりだ。

学生の頃、土日や祝日が重なり連休になるとクラスの友達は実家へ帰っていった。

でも、沖縄は費用が掛かるので、私は簡単に帰省できずにいた。そんな私を悦ちゃんは静岡の実家へ誘ってくれた。富士山の麓の実家の２階に泊まらせてくれた。悦ちゃんのお母さんの作ってくれた湯豆腐やフキの煮物はとても美味しかった。

娘さんの仕事の都合もあって２泊３日の日程だと言う。１泊目は那覇に泊まり南部を観光し、２泊目は北部のホテルを予約してあるので美ら海水族館や熱帯ドリームランドに行く予定だそうだ。

私は南部を案内することにした。行きたい場所を聞くと、首里城は行きたいが他は任せるといってくれた。

最初に琉球ガラス村に行った。悦ちゃんは興奮して喜んだ。ご主人が難病で外出が難しかったのでツタヤで韓国映画のビデオを借りてよく観ていたのだそうだ。琉球ガラス村は、そのビデオに出ていた場所だと言う。その声は大きな子供のように弾んでいた。

次に玉泉洞を廻り、ひめゆり平和祈念資料館へ行った。

展示室『証言ひめゆりの戦場』には数人の証言が一冊に綴られた冊子が何冊も展示されている。偶然にもその日は母の手記のページが開かれていた。悦ちゃんと娘さんはそれを静かに読んでいた。

展示室『戦場への動員240人』へ行った時だった。ヘチマ襟の女学校の制服を着た母の写真の前で悦ちゃんが
「湧川さん」

と、私の旧姓を呼んだ。

当時15才だった母の顔に私の顔が重なる。

それから、私たちは那覇の公設市場へ向かった。夕

食は我家で摂ることになっている。沖縄の家庭料理を食べさせたい。悦ちゃんのお母さんが私にしてくれたように。

ウンチケー

お迎えというテーマのテレビ番組が流れた
死期が近づくと
親しい人で亡くなった人が
後生(グソー)からやって来る
或いは飼っていた動物がやって来たりする
思い出の中の親しいものがやって来て
死後の世界へと連れていってくれる
お迎えの来た人は安らかに
死を迎えることができる

そのことが末期医療に役立つと話している

母は、何度も危篤に陥ったが
家族の呼び止める声に持ち直した
ひめゆり学徒隊に
解散命令が言い渡されたと知った祖父が
壕から壕へと母を探し回り
やっと見つけた時
負傷者を残して帰れないと拒んだ母
そんな母を連れ帰ったように
祖父が此の世に母を迎えに来て
死者の国へと誘ったのだと思った
母が逝った日は
祖父の三十年目の命日だった

父は亡くなる一週間くらい前から
病院の天井を見ながら
嬉しそうに笑うようになった
会話もできなくなっていたのに
口をモグモグ動かし
何を言っているのか解らなかったが
何かしきりに喋っていた
父のベッドの側で妹が
「お母さんが迎えに来ているのね
お父さんは逝ってしまうのね」
と言って涙をこぼした
家族が集まり最後に来た弟の呼ぶ声を待って
父は心電図のモニターを止めた
父の死に顔は安らかだった

※ウンチケー……お迎え

言い伝え

亡(ナ)クティン
人(チュ)ヌ魂(マブイ)ヤ　49日ヌ間(エーダ)ヤ　此(ク)ヌ世(ユ)ニ留(トゥド)マイン
別(ワカ)リ告(チゲ)ニ　此ヌ世ヲ彷徨ウ
寝(ニン)ジュル時間(エーダ)以外(イゲェ)ヤ
仏壇ヌ　線香(ウコウ)ヤ　消(チャー)チェー　無(ナ)ランドー
49日目(メェ)ニ　線香ヌ　煙(キムイ)目当(ミヤ)テニ
魂ヤ　後生(グソー)カイ　登(ヌブ)ティ　行チュン

母が亡くなって42日目に

その人はやって来た
「辰ちゃんの夢を何度も見たの
へちま襟の制服の辰ちゃんが微笑んでいるの
1945年に疎開させられて以来
会えなかったから
懐かしくて　会いたくて
消息を訊ねて亡くなったことを知ったの」
喪服を着た母の同級生が母の遺影を見ながら
私達の知らない
母の女学校時代の話をした

亡骸ヌ前(メー)ディ
心配事(シワグトゥ)　話(ィ)チェー　無(ナ)ランドー
喧嘩(オウエー)シン　無(ナ)ランドー
人ヤ　亡クナティン　24時間ヤ

耳ヤ　聞(チィ)チュンドー

私は、父が元気な時に訊ねたことがある
「医者に胃瘻(イロウ)を勧められたら
お父さんもお母さんみたいに胃瘻する」
「胃瘻はしなくていいよ」と父は答えていた
けれども、医者から
胃瘻しか治療法が無いと宣告された時
家族は胃瘻処置をさせてしまった
処置を拒む事で
父の命を終わらせてしまう悲しみ
父の希望を叶えてあげられなかった
痛みの様な切なさ
私は父の亡骸に謝った
その時、父の頷く声が聞こえた

島の風景

美術館に展示された白地の紅型の着物
伝統的な装飾表現で鮮やかに立ち上がる色彩
だが、よく見ると
花や蝶、鳥と共に
パラシュート部隊が描かれている
見間違えたのかと目を凝らすと
やはり
降下するパラシュート部隊がいる
着物の裾の方に目をやると

オスプレイが飛び
辺野古周辺に生息する
絶滅危惧種のジュゴンが泳いでいる
優美な紅型の着物が
沖縄の風景として存在する
基地を染め上げている

１９７０年代　私が高校生だった頃
ベトナム戦争で亡くなった人の遺体を
洗うアルバイトがあった
バイト料は10＄
当時の沖縄の平均月給が※約１００＄
洗われた遺体は
アメリカ本国へ送り届けられた

その頃　島は爆撃機Ｂ52の発進基地だった
島はベトナムの戦場と繋がっていた

今日、テレビは
高級リゾート地カヌチャの側に墜落し
大破したオスプレイの姿を映し出している

※労働局労政課「労働経済の概況」
１９６０年代から７０年代にかけての変化

茜色の空

二〇一九年十月三十一日　二時四十五分
夜ふけに目が覚めた
東の空が茜色に染まっている
山の頂（いただき）に火柱が建ち
火の粉が舞い上がり
メラメラと首里城が燃えている

一九四五年
首里城地下に第32軍司令部壕が建設され

米軍の集中砲撃にさらされ
消滅した国宝首里城

一九九二年
五〇年近くかかり
復元され蘇った首里城
平和な世が続く限り
首里の高台から見守ってくれていると
当たり前の様に思っていた
暗闇の中
首里の空を茜色に染めて
炎上し崩れ落ちる首里城を
夜明けまで
ただ、呆然と見続けた

アヤハーベールーの幼虫（2022年6月 撮影著者）

祈りの形

「出張の時に支給された
一等の乗船券を三等に換えて
その差額で子供達にお土産を
買ってきてくれた優しい人だったから」
亡くなった日も場所も分からないからと
祖母の決めた命日は六月二十三日
祖父の厨子甕（ジィーシガーメイ）に入っているのは
掌にのるほど小さな身代わり石
御香炉（ウコウロ）に線香を手向け

両手を合わせ祈っていた
祖母の丸い小さな背中

戦後七十一年目に成立した
「戦没者遺骨収集推進法」
DNA鑑定同意書に署名捺印
検体採取キットの綿棒で
頬の内側を十回擦り
検体送付用袋に入れて書留郵便で送付
祖父の遺骨を祖母の眠る門中墓へ

【血縁関係を有するご遺骨は特定できないという結論に至りました。ご提供頂きました検体から抽出したDNA情報及び残余検体は今後、新たに収容されるご遺骨との間でDNA鑑定を実施する場合に備え保管致し

ます】

島の土に埋もれる戦没者遺骨
遺骨を家族の元へ帰そうと
土を掘り続ける遺骨収集ボランティア
島の土で海を埋め立てる新基地造り

　ふわふわ　ふわり
ふわふわ　ふわり
アヤハーベールーが島の土に止まり
祈りの形に翅を合わせる
ドゥカ
此(ク)ヌ世(ユ)ニ留(トゥド)マイン魂(マブイ)ヲ
成仏シミティ下(クミ)ソウレ

※六月二十三日　………沖縄慰霊の日
※厨子甕（ジィーシガーメィ）　……………骨壺
※アヤハーベールー…沖縄県の蝶オオゴマダラ

園比屋武御嶽石門（2023年2月 撮影著者）

壕

１９４４年12月
首里城地下に築かれた第32軍司令部壕
園比屋武御嶽石門（ソノヒャンウタキイシモン）近く
枝や幹から無数の気根を降ろすガジュマル
その下に設置された司令部壕の説明板に
立ち留まる人は少ない
知らないのは無かったのと同じ
鬱蒼とした森は
木漏れ日が差した所だけ

キラキラしている
光に溶ける聲
　　伝えて
　　　伝えて

２０１２年２月
説明板から削除された
「慰安婦」「陸軍による住民虐殺」
目を背けたい証言記録
知りたくない過去
枝葉をよこへよこへと伸ばし
空に祈るクワディサー
祈りが光の雫となって緑葉に降りかかる
キリリーン　キリリーン
梢に透ける気配

有りのままに
　有りのままに

崩壊する危険を孕み
公開されない第32軍司令部壕
坑口を鉄格子で閉ざされた通信指揮所
外壁を覆うツル草の群生
抗道に残る
無言の語り部
水筒　眼鏡　万年筆　印鑑　クスリ瓶
託された平和
戦争を許さない勇気
　忘れないで
　　忘れないで

2016 年（撮影著者）

あとがき

汝の立つ所を深く掘れ、そこに必ず泉あり

（フリードリヒ・ニーチェ）

七〇歳に近くになり、その意味が良く分かるようになりました。

私は沖縄が日本から引き離され、アメリカの統治下にあった時代に生まれました。生まれた時から当たり前のように米軍基地があり、高校を卒業するまで通貨は$で生活していました。

1972年に沖縄が日本に復帰し、通貨が円に変わり、車両の通行ルールも右側から左側に変わりました。

復帰して50年。
時代の流れの中で変わっていく風習や文化。
変わらなければならなかったもの。
変わることを選んでしまったこと。
世の中がどんなに変わっても、変わらない大切なもの。
私の命が終わるとき、次の世代に伝わっていて欲しい祈り。
それらを活字に残したい。三冊目の詩集を編むことにしました。
最後になりましたが、この詩集が生まれるまでに出会った多くの方々に深く
感謝申し上げます。

新垣汎子

$・¢（撮影著者）

新垣(あらかき)　汎子(ひろこ)　略歴
1953年　沖縄県生まれ
大東文化大学国文学科中退　沖縄国際大学国文学科編入卒業
1992年　第4回琉球新報児童文学賞児童短編小説賞佳作受賞
1992年　第26回詩人会議新人賞佳作受賞
1993年　第27回関西文学賞佳作受賞
2008年　詩集『青タンソール』
2011年　第21回伊東静雄賞奨励賞受賞
2015年　第10回文芸思潮現代詩賞佳作受賞
2017年　養老改元1300年記念賞受賞
2018年　第41回山之口貘賞受賞　詩集『汎』
2023年　第18回おきなわ文学賞詩部門佳作受賞
日本現代詩人会会員　那覇文芸協会会員

詩集　汎汎(はんはん)

2023年3月21日　初版第一刷発行
著　者　新垣　汎子
発行者　池宮　紀子
発行所　（有）ボーダーインク
〒902-0076　沖縄県那覇市与儀226-3
電　　話　098（835）2777
ファクス　098（835）2840
印　刷　株式会社　東洋企画印刷

ISBN978-4-89982-444-2